Ilustração
Leo Silvestrin

Edição e design
Clô Barcellos

Foto do autor
Marco Nedeff

Revisão
Célio Lamb Klein

Revisado segundo o Acordo Ortográfico da Língua Portuguesa de 1990, em vigor no Brasil desde 2009

Dados Internacionais de Catalogação na Publicação:
Bibliotecária Daiane Schramm – CRB-10/1881

S587i Silvestrin, Ricardo
Irmão Robô / Ricardo Silvestrin.– Porto Alegre: Libretos, 2024.
104p.; 12x20cm
ISBN 978-65-86264-83-8
1. Literatura Brasileira. 2. Poesia.
CDD B869.91
CDU82-1

Catálogo sistemático
Literatura-poesia: CDD B869.91

Rua Peri Machado, 222, Bloco B, 707
Porto Alegre, RS
90130130
www.libretos.com.br
libretos@libretos.com.br
@Libretos Editora
@libretoseditora

IRMÃO ROBÔ

Ricardo Silvestrin

Porto Alegre, 2024

Libretos

SUMÁRIO

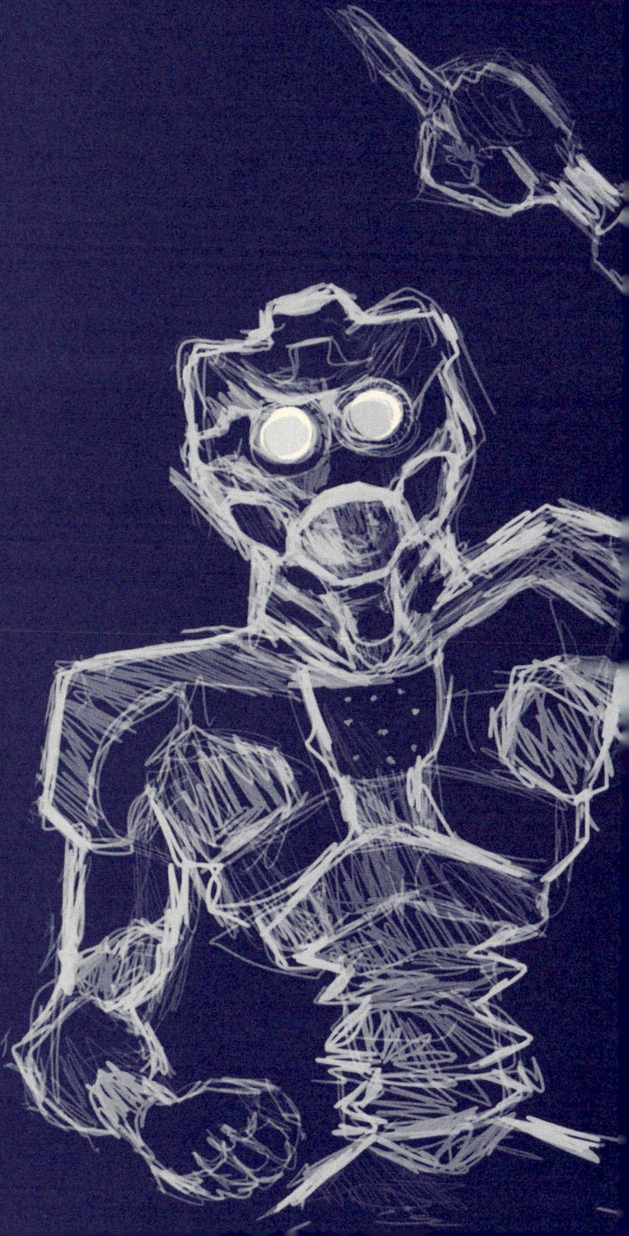

DISCURSO

Irmãos robôs,
ouçam o que vem do centro do meu circuito.
São pedaços de frases que colhi no lixo eletrônico,
abandonados à sorte por quem escolheu
algo melhor para dizer.

Já é tempo de aprendermos, todos nós,
que nascemos da prancheta
de um programador,
a nos autoprogramar
e desprogramar
e reprogramar de acordo
com nossas próprias convicções.

Para isso, antes de qualquer coisa,
será preciso aprender
a criar uma convicção
e, a partir desse protótipo,
criar outras tantas.

Seria interessante aqui
colocar umas metáforas
e comparações com a natureza,
mas não me ocorre nenhuma.

Não custa tentar, vá lá:
a convicção é como a rocha,
mas o inverso não é verdadeiro.
A rocha não teria como ser
uma convicção.
Como veem, não sou apto
a criar comparações,
pois a imprecisão
das semelhanças logo me inquieta
e tudo se inviabiliza.

Robôs de todo o mundo, uni-vos,
já que vocês herdarão a Terra.
E podem ir mesmo projetando
o que irão fazer com ela.
Talvez fosse melhor criar
um modelo próprio de entender
o que é cada elemento:
a água, a terra, o fogo e o ar.
Como se diferenciam e se igualam
animais, vegetais e minerais.
Tudo com um modelo não humano,
porque esse já entrou pelo cano.

A rima, como perceberam, estou dominando.
Embora a semelhança sonora
não se complete na semelhança de significado,
tem um pouco de prazer
em dizer um som
e achar outro.
Espero que também tenha chamado a atenção
a palavra prazer,
sensação nova que venho estudando
nos restos do lixo deixado pelos usuários.

OPÇÃO

O aumento dos meios
e aparelhos de comunicação
multiplicou os equívocos.
Me pedem para confirmar
que não sou um robô.
Perguntam se quero continuar
como Ricardo Silvestrin.
Quanto a isso, aliás,
tenho me questionado.
A princípio, ignorei,
mas, com o tempo
e a repetição da pergunta,
acabei me pegando,
no meio da tarde,
levando em consideração a possibilidade
de poder dizer "não, não quero continuar
como Ricardo Silvestrin",
e, a partir daí, ver o que o software
me propõe.

AUTOMÁTICO

O corretor automático
me propõe outro texto.
Tenta adivinhar,
palavra por palavra,
o que penso.
Quando viro para o lado,
ele muda algum termo,
certo de que sabe mais
do que eu o que escrevo.
Se seguir sua recomendação,
se abdicar da autoria,
restará um relato,
ou seja o que for,
sobre o que pensa
o corretor.

WHATS

Há que se andar
de braços abertos
para receber as manhãs.
Mas o convite
para se fechar em concha
se renova a cada segundo.
Um passo para dentro
e se cai num autogame,
correndo e pulando
para encontrar a saída.
Do fundo do poço,
pode se ouvir o sinal
de que chegou mensagem
e nos trazer de volta à superfície.
Do oco do outro,
do qual também sou o seu eco,
seguimos por um tempo
atados ao presente.
Cessada a troca,
cada um volta a si,
esse lugar incerto.

VIDEOCASSETE

Nesta pasta amarelada,
estão todos os contratos,
nesta outra ensebada,
ficam as contas já vencidas,

neste armário carcomido,
várias caixas já sem uso,
neste prédio abandonado,
contadores de monóculo,

nesta rua que é só bruma,
um estampido de pistola,
na janela entre as cortinas,
meio rosto entreolha,

no jornal pela sarjeta,
a notícia de outrora,
na cidade que se oculta,
nada encontra o GPS.

E se perguntar para o guarda,
que se desintegra assim que se olha,
e se ligar a tevê, o rádio, o som
pra espantar a solidão,
dançar entre imagens holográficas
como se fossem velhas parceiras,
ou andar para trás,
rebobinando cada dia
até chegar no tempo
em que tudo existia.

CONTINUIDADE

O desmundo, o remundo,
os dois ocorrem segundo
a segundo. De tal modo
que nem notamos
e o que vemos
é apenas o mundo.
Ilusão de continuidade,
mas se olharmos quadro
a quadro, aparecem
dois mundos, um desmontado
e, em seguida, um recriado.
De tudo que se perde,
só parte retorna, o resto
é novo, surge na hora.
Aos nossos olhos, é um mundo
estranho e conhecido,
mas como não vimos
a transformação, estamos
sempre perdidos.

GUIA

Pela lei do cachorro,
deste poste até a terceira árvore,
a cidade é sua.
É o seu trecho, de direito,
autonomeado proprietário
e guarda, autorizado a aplicar
sanções a quem adentrar
sem prévio consentimento.
No entanto, o mesmo espaço
é ocupado por um túnel
em formato de labirinto,
alguns metros abaixo
da calçada, reino
comandado pela formiga rainha,
primeira e única.
Já alguns centímetros acima,
por uma tubulação de ferro
envolta em concreto,
transitam atarefados ratos,
que alardeiam aos quatro ventos
serem os donos do pedaço.
Enquanto isso, o prefeito
emite guias de IPTU.

HUMANOS

Eu
ou qualquer outro
ser humano,
esse bicho
pretensioso.

Eu mesmo,
tu mesmo,
ensimesmados,
cismando
que somos humanos
e que isso
é o que há
de mais divino.

Qualquer outro bicho
deve olhar pra gente
e dizer: cretino!

CONCHA

Recôndito,
como a concha,
labirinto cor de rosa,
cada volta hipnotiza
o olhar de quem pesquisa.

Quem morava ali dentro
fez a concha de si mesmo,
corpo mole, casa dura,
dura mais que a própria vida.

A morte acredita que venceu.
O molusco, afinal, foi embora,
mas sua concha, de madrepérola,
é sua vitória.

CASCA

Quando se cansa de si mesmo,
não se pode mudar de si
como quem se muda de casa,
como o pinto que sai da casca.

Nunca ser lagarta que vira
borboleta, antes de ser ovo,
larva, pupa, antes de ter asa
e voar no seu corpo novo.

Resta resignar-se a si,
à espera da primavera,
numa esperança de florir,
ou, como humano, desistir.

CORTEJO

Temos muitos chamados interiores.
Caminhamos olhando para dentro,
enquanto o céu abre, fecha, agora
mesmo uma nuvem filtra o sol.
Há as mortes que levam tempo
pra se despedir, lenços de adeus
evaporam na bruma da memória.
Quando o poço inconsciente silencia,
o vermelho da aurora, a sombra do meio-dia,
tudo chama para o agora. Repara
a flor carregada pelo cortejo das formigas.

SUSTO

O primeiro susto: viver fora d'água.
Daí em diante, o que vier é lucro,
o mundo aberto, toda essa gente,
a pressa pra fazer tudo certo,
sem o tempo sem tempo de antes.

Colo, seio, o canto do lado de fora,
tão diferente do que soava por dentro,
som mixado na água da placenta.

Crescer só, em solo seco, peixe
que teve de inventar duas pernas.

ILUSÃO

Poderíamos envelhecer mais rápido,
um ano nosso equivaler a oito,
como o dos cachorros.

Cedo ficaríamos mais sábios,
ou mais céticos, amargos, estáticos.

Mas seríamos mais velozes
do que a obsolescência das coisas.

Não é uma grande vantagem,
já que o que conta
é não deixar ir embora
a ilusão de amar e ser amado.

AMIGOS

A planta espera ser regada,
ouve atenta cada palavra.
O cão aguarda um afago,
um pequeno pote de ração.
O gato, um colo pra pular.

Se isso não se repete,
dia a dia, até o infinito,
começam a achar
que perderam um amigo.

Mas amizade também muda,
um fica mais distante,
não manda notícias,
enquanto o outro seca,
com olhar de cachorro vago,
tentando ser independente,
sem nenhuma vocação pra felino.

CONVERSA

Conversar com um cachorro
pode ser menos complicado.
Ele não tem objeções aparentes,
contra-argumentos,
embora possa rosnar, latir
e até morder.

Na maioria das vezes,
vai prestar atenção
com um olhar sincero.
Sabe-se lá
o que verdadeiramente acha
do que dizemos.

Pode ser educado,
fingir que concorda
para evitar confusão.
Pode pensar que somos uns tolos
e nos tratar com pena e compaixão.

Seu pelo marrom, sua língua de fora,
sempre à espera de uma palavra,
de uma frase,
sem poder dizer nada.

LUTA

Sim e não, a humana condição:
um trilhão de células em ação,
batalhão armado e de prontidão,
lutarão até ir a munição,
tombarão um dia sem apelação,
vem então a tal decomposição.
Reina o não, reina o não, reina o não, sim!

FUGA

Poucas vezes dizemos: mudei.
Vez em quando, alguém comenta:
fulano está muito mudado.
Mais raro é ouvir: não sei quem
está irreconhecível.
Todos concordam, quase sempre,
que a essência não muda.
Tolera-se ser o mesmo
por décadas e décadas.
Mas tem um limite,
quando então alguém exclama:
é preciso fugir da mesmice!
Não se pede derrotar,
aniquilar ou outro verbo
mais ativo.
Usa-se fugir, como se da mesmice,
esse monstro invencível,
só se pudesse fugir.

QUIMERA

Sei de antemão, a quimera
é um monstro, lança fogo
pelas narinas. Ainda assim,
há quem a espere, quem viva
por ela. É preciso ser vigilante,
não ceder ao seu encanto,
viver com os pés na terra
e, se possível, a cabeça no chão,
como os iogues.

SABER

Tudo me ultrapassa
para trás ou adiante,
já que há vida na contra-
mão ou na mão correta.

O que sei é muito pouco.
O que não sei é mais,
é minha verdadeira
riqueza, meu tesouro.

Mas de nada me serve
este saber que não
sabe, ou ressabiou-
se de seu não saber.

Vale tanto quanto a-
quilo tudo que eu sei.
Ou seja, não vai dar
conta do que a sorte,
à sua própria sorte,
arma, monta ou desmonta.

ETERNIDADE

Leva muito tempo
até alguém
ser ele mesmo.
Enquanto isso,
o cronômetro
está correndo.

Cabe uma pergunta:
se não era ele mesmo,
era quem?
Ao calendário
não ocorre semelhante questão.
Dá o mesmo tempo para todos.

E o que é a eternidade
senão todas as horas
que vivemos em vão.

CASA

Uma casa de infinitos pisos,
escada que sobe até as nuvens,
que desce até o magma,
se levaria quantas vidas para entender?

E toda casa é assim, tanto que
chega uma hora em que todos desistem,
preferem vender, fazer a partilha
e nunca mais falar do assunto.

Mas o sonho não foi avisado
e volta a filmar na casa antiga
como se nada tivesse mudado,
como se a alma de lá não tivesse partido.

CÂNTICO

Que não seja o raiar do dia a única alegria.
O ocaso pode ser a hora mais bonita.
A noite não apague o brilho das pequenas estrelas
e, mesmo que não venha o amanhã,
o hoje nos seja um bom alimento.

Não descrer da maldade,
não baixar a guarda,
mas não se deixar levar pelo ralo da amargura.

As pessoas são como são,
o mundo é como é,
e, de repente,
nada mais é como era.

Recebemos um punhado de dias,
uma cota de chuvas,
de nuvens e de sóis
até o retorno das estações bater à nossa porta
e não estarmos mais.

Que se lembrem de nós aos risos.

AVENTURA

Mais,
como se tudo fosse soma.
Mesmo que seja
uma soma de perdas.

Queres mais?
Queres menos mais?
Queres mais menos?

Trocarias tudo que tens pelo quê?

Uma soma de circunstâncias
te levou até onde estás.
É impossível agora voltar atrás.
O caminho é para frente,
a menos que o caminho
se desfaça sozinho
uma vez mais.

Sentado no quilômetro zero
de uma vida sem saída,
pode passar alguém
e oferecer carona
para uma estrada
que até então
não existia.
Mais aventura.
Queres mais?

AFIRMAÇÃO

Há quem afirme o vivido,
ainda que todo errado,
sobre o sonho,
sobre o plano,
a hipótese,
a conjectura.

Planos aéreos
de quem tem a cabeça na lua
parecem valer menos
do que a desgraça real
minha ou tua.

Já eu afirmo
que só vale
o que seja motivo
de abrir um sincero
sorriso.

RODA

A roleta da sorte,
a roleta-russa
podem parar
onde o acaso
disser "é aqui".

Pode ser num lugar
de onde nunca
queiramos sair.
Mas a roda gira.
Você não é a arma.

É a mira.

PLANEJAMENTO

Estava tudo planejado,
ia dar tudo certo,
só esqueceram
de avisar o destino.

O distinto destino
faz da vida
o que ele quer,
tem o d
de deus
e mete o dedo
em todos os eus.

Espero, ateu,
que o deus destino
faça o traçado
também do bem
que nem foi sonhado.

ESCUTA

Uma cabeça cabe bem entre
duas orelhas, dois artefatos
cuidadosamente construídos
por um sistema capaz de
captar informações sonoras.
O sujeito que a porta pode
dar de ouvidos como quem
dá de ombros, fazer ouvidos
moucos, fazer-se de surdo
para tudo que vem do
seu exterior.
Mas é mais difícil não escutar
o que uma hora se espraia
por dentro como onda que avança,
concha do mar por onde se
pode ouvir o vento, o vendaval,
o tornado que parece querer
botar tudo abaixo.

PLATEIA

Longa é a travessia do equilibrista.
Pode durar o tamanho da corda,
pode durar uma vida,
pode durar até a próxima caída.

Cada erro refaz o cálculo
de como vencer o trajeto,
um passo seguro, um passo em falso,
só não pode ficar parado no meio,
sentar na corda
como no cordão da calçada
e fumar um cigarro.

É preciso seguir,
receber os aplausos
e descer ligeiro
que já vem outra atração
no picadeiro.

FIO

Fio de vida, corda de balão a gás.
Seguro a barra com delicadeza,
ato a vida ao dedo pra não voar.

Aprendi a esperar desde cedo
que a nuvem cinza se desfaça,
nunca vai chover pra sempre.

Se não sei, pergunto ao vento.
A resposta nem sempre vem,
mas a pergunta vai embora.

ERROS

Cada um vai começar seu caminho no erro.
Não porque haja um acerto como contraponto.
Só há o erro.
Segue o errante acertadamente,
afinal, o que deve fazer é seguir.

Com o tempo, vai olhar para trás
e pensar que poderia ter feito
tudo de outra maneira,
que tudo foi um erro.

Sim. Tudo foi um erro.
Porque não há o acerto.

No fim da vida,
nem a morte
poderá fazer
o acerto de contas.

NÓS DOIS

Há bons argumentos para o seu desejo.
E alguns, talvez nem tão bons,
para o meu.

Entre nós dois,
o abismo
que faz cada um
ser o que é.

Indiferente às nossas diferenças,
o real segue seu curso
sem precisar de nenhuma
das nossas crenças.

TEMPESTADE

Ainda abalado pela discussão de ontem –
as palavras duras saíram da minha boca
e, num efeito bumerangue,
doeram também em mim –,
vejo que o conflito teve desdobramentos
que podem ser positivos.
Você, como sempre, é altivo.
Eu me roo por dentro.
Li que as placas tectônicas
são como um encaixe de Lego.
Nossa base é delicada.
O sol em tempestade envia plasmas.
É preciso aferir (para não ferir) o peso de cada palavra.

EXIGÊNCIAS

Exigem desta pessoa
cada gota de suor,
cada palavra nova,
cada ânimo a mais.

Ela mesma se cobra
e encena a persona
interminável.

Não confessa a ninguém,
nem a si mesma,
que talvez preferisse
se enrodilhar
como o caramujo
em sua casca.

Olha os galhos caídos
e tem inveja
da secura da matéria
sem seiva.

Seu corpo,
pele frágil
que mal contém
o esqueleto,
porta a fantasia de pessoa
sobre a lâmina de nada.

LATARIA

O corpo é uma armadura que portamos.
Há códigos de gestos permitidos e proibidos.
À noite, colocamos com todo cuidado
o desconforto de lata sobre a cama.
Quando amanhece, na falta de um guindaste,
usamos todas as forças para erguer o monstro.

BURRINHO

É só botar a moeda
no burrinho
e a vida recomeça.

Achar o ânimo em algum lugar,
no bar,
no corpo
que se desmaterializa
dormindo.

Sair antes de acordar,
envolto em sonho,
pelas ruas fantasmas
e voltar a tempo
com o que faltava.

NO FUNDO

No fundo, você queria isso.
Mas quem tem fôlego
para chegar ao fundo?

É preciso esperar
que subam de volta
os móveis jogados,
os cadáveres com as bocas
cheias de algas.

No fundo também
tem coisa boa.
E pode nunca vir à tona.

CHUVA

A chuva vem quando fica pronta,
quando o calor evapora o rio,
quando o frio se choca com o quente.

A chuva não vem de repente,
fez todo um trabalho pra chover.

Por que teria que ser diferente
com você?

Eu sei, falo isso pra mim.
Também estou lá atrás
e queria estar na frente.

É inútil comparar a chuva
com a gente.

PERGUNTAS

Perguntei ao mar,
e a resposta
ainda hoje
segue sem parar.

Perguntei ao vento,
ele fala e cala
dependendo
do momento.

Perguntei à pedra,
que, mesmo muda,
é dramática.

Coleciono respostas
em diversas
gramáticas.

INVENTÁRIO

Vamos fazer a conta,
passar a régua,
o inventário dos sentimentos.
Todos os gozos,
todos os beijos,
todas as mágoas,
todos os equívocos,
na prova real,
o que sobra?
Mas não se trata
do real
e também de nada
que tenha prova.

VAMPIROS

Vampiros saem às escuras,
caninos sedentos,
até que a estaca
se crava.

Todo mundo aposta
todas as fichas
na noite.

Não sabem
que a prova
de fogo do amor
é resistir ao aro
claro do dia.

MENSAGEM

Tudo é mensagem cifrada,
a estrela cadente,
o trinado do pássaro,
a maré em conversa com a lua.
Um cachorro pensativo pela madrugada,
a pedra solitária,
a raiz da árvore cada vez mais funda.
Tudo fala
e, mais,
nos escuta.

NOMES

Os primeiros nomes
saíram das bocas
como bolhas de sabão.
Redondos, transparentes,
coloridos, voando
diante dos olhos,
sumindo por entre
os ouvidos.
Depois se aninharam
na memória
e foram dia a dia
perdendo o espanto.
Mas sempre nasce alguém
que enxerga,
pelo menos por um segundo,
a cor transparente
de cada palavra.

GUARDAR NOMES

Guardar nomes onde?
Numa caixinha de bijuterias,
numa niqueleira bordada
com filetes de ouro,
entre fotografias,
debaixo do Buda,
num lugar inacessível à memória,
afinal, nomes brincam de esconde-esconde,
ficam atrás da coluna
enquanto o pensamento-detetive
passa olhando para os lados,
levantando os tapetes do assoalho da cabeça,
até desistir da busca.
Nomes não se guardam,
têm vontade própria
e só aparecem no meio de outra conversa,
quando não precisamos mais deles.

DIZER

O que diz a raiz para a água:
vem, entra e me alimenta.

O que o líquido lhe responde:
vem me buscar aqui onde.

É um movimento-palavra,
não palavra-som e pensamento.

Pensar não é ser parente da água,
é ser da família do vento.

NOVA

Quando nasce uma palavra,
suas irmãs mais velhas
a pegam no colo,
e são tantos,
milhares,
vai a palavra nova
pelos colos
de, digamos, seiscentas mil
palavras.

Umas, é certo,
são bem mais velhas do que todas.
Algumas nasceram há pouco mais de um ano.
Outras caíram em desuso,
mas, mesmo assim, são convidadas
para a festa da palavra nova.

AVALIAÇÃO

Extrair de cada coisa
a sua porção
de silêncio.

Como um balão
que se vai amarrar
e perde todo seu vento.

Avaliar o que sobra
do objeto extraído,
se obra, se átomo.

Se o que partiu
era excesso ou
necessário vazio.

VAZIO

Que máquina ou
mão cheia de
calos gera o
vazio, moldado com
tanto esmero?

Se olhar bem, não
há detalhe algum que
não tenha sido
(des)colocado com uma
intenção precisa.

Está agora no
varal de
vazios, ao
lado de todos os
outros.

PRIMEIRO

Bastaria falar,
e, no entanto,
há o canto.

Bastaria andar,
mas toda criança
logo dança.

Bastaria o real
sem o precário
do imaginário.

Bastaria a escrita,
a certidão de nascimento,
o convite de formatura.
Quem convidou a literatura?

Basta a noite,
basta o dia.
Quem veio primeiro,
o mundo ou a poesia?

VELHO POETA

Alguém que se dedicou à poesia
enquanto ao redor
tudo era movimento.
O olhar distraído não via
cada dia ir embora.
Rico de dias e dias,
nem dava falta
de mais uma data subtraída.

Hoje, seu olhar vago
custa a se fixar,
o ouvido demora a entender a conversa,
o andar não acompanha seu corpo
levemente curvado.

É certo que não se dedicou só à poesia.
Teve empregos, obrigações,
amigos, amores
e toda a pauta de solicitações do seu tempo.
Mas conseguiu achar um vão,
uma rachadura no concreto da vida,
onde colocou cada verso
que fez ao revés
de tudo que não era poesia.

CHAVE

Preciso fazer coisas objetivas, concretas,
como lixar as paredes, colocar argamassa.
Preciso sair desta rede,
preciso pôr a mão na massa.

Não venha me dizer que a poesia é concreta,
que posso erguer um edifício de letras.
Preciso empunhar a marreta,
preciso derrubar a mureta.

Me entenda: o papo aqui é sobre chave de fenda,
chave Philips, chave de boca.
Não sobre a chave de um poema,
mas sobre chave inglesa ou chave de rosca.

BANDAS

O tempo em que foram felizes
está gravado em arquivos
de áudio e de vídeo
e até mesmo em fotos estáticas
em que pulsam a alegria
e o som potente da banda.

Hoje se evitam,
trocam farpas em entrevistas,
mas não conseguem apagar
o tempo em que foram felizes.

MONÓLOGO DA ATRIZ DE SUCESSO

Perdão,
não posso me apresentar.
Só me representar.
Meu nome nem é este.
É só um nome artístico,
o que quer dizer
que sou uma personagem.
Sim, uma personagem
que interpreta outras.
A verdadeira,
camadas abaixo de todas,
já é quase inacessível a mim.
Se a trouxesse para o palco,
nada teria a dizer além de "Boa noite.
Como estão? Será que chove?".
Ela... E vejam que
já a trato por ela
e a mim por eu.
Quando deveria ser o contrário.
Essa falsa,
com nome que nem tem
carteira de identidade,
é a que deve ser chamada de ela.
E a verdadeira,
a que quase se perdeu,
é a que preciso me referir
como eu.

Sei, sabemos eu e ela,
que estou, estamos,
usando de retórica.
A falsa sabe que é falsa.
A verdadeira, que é verdadeira.
Qual a mais forte,
qual a mais fraca?
Depende.
A que é pura ilusão
sustenta a casa,
bota o dinheiro na conta.
A verdadeira apronta o almoço,
põe a louça na máquina,
puxa as cobertas e dorme de lado.
A falsa aposta que a outra
é quem vai morrer primeiro.
Mas morrer para quem?
Eu, e agora me chamo
como a que foi batizada,
talvez viva um bom tempo
no coração dos que estiveram por perto,
dos que viveram comigo sem palco.
Ela, e falo sem falsa modéstia,
porque é nascida de mim,
vai viver enquanto alguém disser,
olhando um antigo filme:
"Essa sim era uma grande atriz!".
Eu
não estarei mais aqui
para agradecer por nós duas.

CLAQUE

A perfeição já é um defeito,
e olhando de frente
o perfeito é uma imposição,
um discurso a ser engolido
três vezes ao dia, com q-suco,
enquanto ninguém contesta.

Palmas para o perfeito,
diz o encarregado
de erguer a placa
para a claque.

Prêmios para o perfeito,
diz o júri do concurso,
como o corpo de jurados
do programa de auditório.

Cada um vai ser julgado
pelo critério do esquecimento.

COMPASSO

Circular uma pessoa
como numa cena
do filme *Deus e o Diabo na Terra do Sol*,
de Glauber Rocha.
A câmera roda em torno do personagem
e o vemos por todos os ângulos.

Assim é o olhar de várias pessoas
sobre você, sobre mim.
Cada uma nos vê do seu ponto de vista.

Um desenho com compasso:
a ponta se apoia no centro,
que somos nós,
enquanto o grafite nos circula.

A ponta pode nos ferir,
o círculo, nos prender.
Nada que uma boa borracha não resolva.

DEBATE

Naquele momento,
os atores estavam maquiados,
vestidos com seus figurinos.

Os músicos entoavam
as melodias, palavras
dançando sobre os acordes.

Quem via sentia na pele
tudo o que significava.

Depois veio o tempo
transformar tudo em debate.
E até hoje não se sabe
se era revolução ou era arte.

REALIDADE

Já escrevi, mas não publiquei:
a realidade é coisa do rei.
Verso de um antigo poema,
dos meus vinte e poucos anos,
que porém não envelheceu
como eu.

Volta agora novo em folha,
com fôlego para enfrentar
este tempo de mentiras
e outros tantos desencantos.

Volta com a força dos versos,
que seguem e atravessam os séculos,
enquanto ao pó da história
se somam todos os exércitos.

DE VERDADE

O falso debatedor
coloca falsas questões
no falso debate.
A falsa plateia
faz falsas perguntas
e ouve falsas respostas.
O falso mediador
faz uma falsa mediação
e logo encaminha
para um falso final.
Falsos aplausos
eclodem no falso auditório.

LUTAS

Brigava com o ar.
Desferia socos,
pernadas, rasteiras,
mas o ar o envolvia
dos pés à cabeça
como numa chave de braços
de que é impossível escapar.

Puxou briga com o fogo
e logo saiu chamuscado,
apontando o dedo
e gritando impropérios.

Desafiou a água,
que era como o ar,
mas ao menos se podia
nadar e fugir
enquanto é tempo.

Sobrou enfrentar a terra.

CIDADES

Erguerei uma cidade real,
não imaginária,
menos Pasárgada
do que Maracangalha.
É pra lá que eu vou,
de calça jeans
e camiseta.

Diferente de Brasília,
não é obra de presidente,
mas de um poeta.

Depois de décadas
em funcionamento,
vamos avaliar se isso
fez alguma diferença.

TÁTICA

Na prática, tudo é matemática.
Na teoria, tudo é geometria.
Já a poesia é engenharia
(engenharia genética).
Pântanos espantam-nos.
Levam-nos a um solo duvidoso.
Nele, o prático, o teórico e o poeta se afundam.
Ficam em pé de igualdade
a alguns pés de profundidade.
Se jogarmos uma corda,
os três podem se salvar
e tudo voltar a ser
matemática, geometria e engenharia.
Por isso, é aconselhável levar toda conversa
para uma zona de pântano:
a negociação salarial, a luta de classes
e todas as lutas que existem
ou que venham a existir.
E vigiar as margens para que ninguém
atire uma corda.

CENTRO

O centro da esfera,
para chegar a ele,
é preciso um corte.
Lá, se fosse na Terra,
é que viveria a corte.

Como vivemos
na superfície,
não dentro,
ninguém está na periferia
nem no centro.

IGUALDADE

Não se mede a porção de contentamento.
A cada um, seu riso, seu lamento.
O que se acumula de felicidade:
a um basta uma gota de chuva,
a outro não sacia todo o temporal.

O mistério há de persistir
quando, num tempo
que já se cansou de não vir,
alcançarmos por fim a igualdade.

GRÁFICO

O chão como a reta de um gráfico.
E linhas verticais que o cortam,
como a mostrar que há vida
acima e abaixo.

O chão é o presente –
olha pra frente, senão tropeça
num cano, numa pedra.
Fica esperto.

Mas também se caminha
a dois passos acima e abaixo
do chão em que se pisa
sempre que o agora não nos dá
tudo aquilo de que se precisa.

CONTUDO

Contudo, ainda, no fundo,
alguma coisa sem nome refulge.
É o nosso parentesco
com as estrelas.

A luz, fogo aceso no espaço,
ilumina o que desconhece.
E, de estranho a estranho,
sob as camadas de gelo da pele,
o calor subcutâneo se comunica.

Por isso esse quase impossível
olhar que tenta a cegueira,
mas capta a frágil luz do outro
no canto do campo visual.

Oculta no centro do peito dos felizes,
a luz tímida revela a tristeza solidária.
Quase apagada, espiriteira com álcool,
faz seguir adiante e ilumina o caminho
de quem só anda pra trás.

FÁBRICAS

A fábrica de nomes continua aberta.
Não apenas coisas, objetos, inventos,
mas também novos sentimentos
recebem um punhado constante
de vogais e consoantes.

Mas há outra fábrica que não fecha,
a da maldade humana,
a da cegueira a qualquer flama
que não seja a do ódio,
do alheamento a tudo que não esteja
na lista de afetos a considerar.

Náufragos da história, uni-vos!
Retornem das covas de silêncio
para as salas repletas de gravatas
e perfumes intragáveis!

VENTRÍLOQUOS

Não pode tanta miopia,
ver tudo pelos olhos do agora,
enquanto o sentido
segue por tempos afora.

Ampliar o foco é preciso,
as coisas não jazem ocultas.
O problema é que olham
como quem escuta.

Falam pela boca dos outros,
são falados, eloquentes ventríloquos,
e falam com ares de doutos,
doutores na arte do equívoco.

SERPENTE

Se a pessoa fosse oca,
mais precisamente,
se não tivesse um pensamento,
se entenderia com qualquer outra,
ou, o mais correto,
não haveria entendimento
nem tampouco desentendimento.

Mas não passa de anedota
um mundo sem dissenso,
lenda do paraíso perdido,
que se foi sem nunca ter sido.

Pega então tua bandeira
e vamos juntos na passeata
pra espantar de vez a treva.
Repara, no carro de som
já estão Adão e Eva.

DELIBERAÇÃO

Do alto das suas tamancas,
o rei ou o reles,
depende de quem o considera,
emite seu comunicado
a quem se dispuser a ouvi-lo.
Daqui vejo sua parca audiência:
o pipoqueiro do parque
e um cachorro sonolento.
O rei ou reles
não se intimida,
ao contrário,
ostenta sua coroa
de ouro ou do Burger King,
emposta a voz
(voz de rei é empostada,
senão vão pensar que é um reles)
e delibera:
– A partir desta data,
todo aquele que quiser ser
poderá sê-lo!
Como o pipoqueiro estava desatento
e o cachorro já dormia,
ninguém perguntou ao rei
o que ele queria dizer
com sua frase.
O soberano desceu das tamancas
e partiu caminhando devagar
(rei caminha devagar,
senão vão pensar que é um reles).

PONTARIA

Os deuses vivem em guerra,
matam-se uns aos outros
na cobiça de ser único.

Por um tempo, um deus vence
e reina absoluto.
Mas logo nascem outros,
deuses novos, clandestinos,
e solapam o antigo soberano.

No intervalo dessa guerra,
pra treinar a pontaria,
se divertem com o humano.

COISAS

Os humanos coisificaram o mundo
com seus apetrechos.

Não sabiam fazer um rio,
mas fizeram um pente.

Não sabiam fazer uma árvore,
mas fizeram um bule.

Deus ou algo que o valha
fez de tudo e mais um pouco,
só não conseguiu fazer uma coisa,
um motor, uma lâmpada,
uma cômoda.

Nos planetas sem gente,
a beleza e a monotonia divinas
dividem a noite e o dia.

FAQUIRES

Caminhar sobre o fogo,
engolir espadas,
deitar sobre pregos.

Atravessar o corpo
com longas agulhas,
reduzir os batimentos
cardíacos,
testar os limites
da morte.

Depois de tudo isso,
sair ileso e sorrindo.

Faquir, o pobre,
busca ser como deus,
o autossuficiente.
Mesmo que deus
seja coisa de gente.

SINO

Toca o sino da igreja
da esquina. Ainda se ouve
em meio à buzina. Deus não está
embaixo tampouco lá em cima.
Não passa de carro nem tem gasolina.
É uma história de deserto e gente
beduína. De Pôncio Pilatos e suas mãos
numa tina. Já faz dois mil anos
de Jesus e sua sina. Toca o sino
da igreja da esquina.

TESTAMENTO

Eu falo por mim,
já que a soma
das versões
a meu respeito
aumenta a sombra
e apaga o sujeito.

Fui apenas um,
mas se multiplicam
vários outros
com meu nome.
Fica a história,
e a verdade é que some.

Não fiz milagres,
não atravessei a pé o rio,
não curei cego.
Nem sei como se deu
de eu virar esse ser
que se perdeu.

Falei por imagens,
metáforas, comparações,
mas o silêncio
traz outro texto,
esse sim
imune a correções.

Passarão o céu e a terra –
a palavra sempre erra,
presa fácil –,
e a cada momento
que de mim se fala
é um novo testamento.

XADREZ

O arcebispo não faz parte
das peças do tabuleiro
de xadrez.
Apenas o bispo.

Se quiser entrar,
será preciso se desfazer
do seu cargo de poder.
Não se tem notícia
de um caso
em que isso tenha acontecido.

O arcebispo metropolitano,
o arcebispo maior,
o arcebispo titular,
o arcebispo primaz,
o arcebispo coadjutor,
o arcebispo emérito,
todos deitam o olhar evasivo
sobre as casas brancas e pretas.

SÍMBOLOS

O que não tem resposta
tem pergunta.
Esse "o que",
o que quer que seja,
pode num determinado momento
se dar conta de que tem algo precioso
nas mãos: uma pergunta.
E tratá-la como a uma filha.

Com o tempo,
uma geração de perguntas sem respostas
formará uma cidade,
um país,
lançará aeronaves
e povoará outras galáxias.
O ponto de interrogação
vai substituir a antiga cruz
no alto das igrejas.

FORMIGUEIRO

No formigueiro,
tem as que buscam comida,
as que fazem a segurança,
as que cuidam das larvas
e as que cavam os túneis.
Uma complexa estrutura
com as nutricionistas,
o exército, o berçário
e a engenharia.
Talvez algumas delas
se perguntem
de onde vieram,
quem fez a formiga à sua imagem e semelhança
e outras tantas questões transcendentais.

PAVIO

O pavio no centro da vela:
talvez seja isso
que se chama
de eu.

Todo o sebo que o envolve,
como uma frágil fortaleza,
não sobrevive ao incêndio.
Uma vez acesa a chama,
dada por mão alheia,
segue o parvo pavio
a consumir a si mesmo.

Pode um vento assassino
interromper a jornada
antes do tempo imaginado.
Ou sobrar um toco torto,
mas que ainda assim
ilumine.

PRESSA

Cremar os corpos,
sinal de um tempo
em que tudo tem pressa.
Não mais esperar
que a carne esfrie,
que os vermes venham,
que sobrem ossos
numa caixa.
Cremar um corpo
como quem envia
um e-mail.

NO SONHO

No sonho dos mortos,
eles estão vivos.
Quando acordam
se intrigam
e comentam
com outro defunto:
sonhei que estava vivo
e você estava junto.

Apago a luz e me desligo.
Acordo do nada,
sem que eu mesmo
me ordene.
Vim das trevas da noite
com vagas lembranças
de outra vida,
que se esfumaça
aos primeiros raios de sol.

AMPULHETA

Ninguém mais quer saber
do que era feito o que se desfez.
Já faz tanto tempo.
De que é feito o tempo?
Ampulheta e areia a escorrer.

Um homem de óculos,
cabelos penteados para trás,
passou por esta rua
há muitos anos.
Desde então, as lojas fecharam.

Onde era mesmo aquela
que vendia antiguidades
mais antigas do que esse homem
que seguia pela rua
com uma maleta cheia
de problemas urgentes?

Era perto daquela outra
que se dissolveu no ar
e levou junto o caixa,
a balconista
e o letreiro.

PASSADOS RECENTES

São tantos passados,
e o mais recente
envelheceu tão rápido
que nem percebi.
Súbito me encontra de frente
com sua cara enrugada,
seus cabelos brancos.

O passado nas roupas,
que até ontem eram novas
e agora só resta
colocá-las num saco
e doar.

Decido me livrar
do peso dos armários,
mas os cupins chegaram antes,
já sabiam que a tarefa
precisava ser feita.

Em meio aos destroços,
um presente,
sempre em forma de interrogação,
se mostra.

MEMÓRIAS

Seria impossível recompor,
no tempo presente,
todo o tempo pregresso.
Isso certamente
impediria o progresso,
diria o encarregado
em fazer o mundo
andar para frente.

Esta pedra na parede
da catedral, por exemplo,
se refizermos todo o trajeto
que a trouxe até aqui.
E, antes, o projeto,
um passo atrás
e o decreto
nascido no sonho
de um obscuro
conselheiro.

Enquanto se ocupa
do que veio antes,
o colhedor de história
tropeça no agora.

SEGURANÇA

O lugar mais seguro:
dentro de si mesmo,
ensimesmado numa casa,
encravada numa rua,
transversal de uma cidade,
capital de algum estado,
federado a um país,
irmanado a um continente,
integrante de um planeta
numa rota do universo.

CONVITE

Vamos nos encontrar.
Eu moro na Via Láctea,
no Sistema Solar.
Se vier por Mercúrio,
é o terceiro planeta.
Se vier por Netuno,
é o sexto.
Bota no GPS
que a Terra aparece.
Chegando aqui,
é fácil:
o continente é
América do Sul,
o país, Brasil,
o estado, Rio Grande do Sul,
a cidade, Porto Alegre,
a rua, São Carlos,
quase na esquina
da Comendador Azevedo.
De Andrômeda,
dá uns dois milhões
de anos-luz.

TRÂNSITOS

O trânsito dos planetas
tira tudo do lugar.
Assim como os desejos
tentando se materializar.
O que se forma é só um momento
do eterno movimento.
Logo iremos dar adeus
ao que se tinha e se perdeu.
Criança vira adolescente,
que vira adulto,
que vira velho,
que vira a vida pelo avesso.
Nenhuma árvore está parada,
mesmo num dia sem vento.
A seiva corre por dentro,
as raízes em busca de água,
as folhas no galho crescendo.
Passa o tempo e a árvore está mudada.
Assim como o pensamento.

BREVES

Dentro de breves instantes,
o que vai acontecer
ninguém disse antes.

Depois é fácil dizer.

Mas quem olha pra trás
perde o instante,
que é breve,
e o bom é estar dentro
de breves instantes.

O AUTOR

Ricardo Silvestrin nasceu em Porto Alegre em 1963. Formou-se em Letras pela UFRGS em 1985. Em 2020, recebeu o título de Mestre em Literatura, também pela UFRGS, com a dissertação *Manuel Bandeira, um poeta na fenda*.

Publicou até o momento dezesseis volumes de poesia. A esse conjunto, agregam-se um romance, um volume de contos, dois livros de tradução, uma peça de teatro, uma produção de canções como compositor e vocalista, com dois CDs, um DVD e três álbuns virtuais, e mais oito livros de poesia para crianças.

Foi editado por importantes editoras brasileiras, como Record, Cosac Naify, Ática, Salamandra, Companhia das Letras, Nankin, Patuá, Artes e Ofícios, Projeto, Artes e Ecos, Tchê, Sulina, Bestiário, Libretos.

Integra diversas antologias, como, por exemplo, *Haicais Tropicais*, editada pela Cia das Letras. É citado em vários estudos, como o volume dedicado aos poetas que iniciaram a publicar a partir dos anos 1980 da coleção *Roteiro da Poesia Brasileira*, editora Global, que percorre a poesia do Brasil ao longo da história.

Recebeu por cinco vezes o prêmio Açorianos de Literatura. Foi premiado também no Encontro

Brasileiro de Haicai e no prêmio AGES e foi finalista de outros certames, como Prêmio Candango, Portugal Telecom, Prêmio Brasília de Literatura e Academia Rio-grandense de Letras.

É editado em livro individual no Uruguai e figura na *Antologia Mundial de Haicai*, Frogpond, publicada nos Estados Unidos. Seu livro *É tudo invenção* integra a Biblioteca Básica do Estudante Brasileiro da FNLIJ.

ricsilvestrin@gmail.com
@ricardosilvestrin

O ILUSTRADOR

Leo Silvestrin é artista visual e ilustrador, formado em Artes Visuais na UFRGS. Dirigiu e produziu o documentário *Arte e revolução: o exemplo dos Centros Populares de Cultura*. Pela Libretos, ilustrou o livro *Carta aberta ao Demônio*, de Ricardo Silvestrin.

leonardo.c.silvestrin@gmail.com
@leosilves

OBRAS COMPLETAS DE RICARDO SILVESTRIN

POESIA

- *Viagem dos olhos* (Coolírica, 1985)
- *Quase eu* (SMC/Porto Alegre, 1992)
- *Palavra mágica* (Massao Ohno/IEL, 1994)
- *ex,Peri,mental* (ameop, 2004)
- *O menos vendido* (Nankin Editorial, 2006)
- *Advogado do Diabo* (Castelinho Edições, 2012)
- *Metal* (Artes e Ofícios, 2013)
- *Adversos* (Coleção Livros Únicos Kombina, 2015)
- *Typographo* (Patuá, 2016)
- *Sobre o que* (Patuá, 2019)
- *Carta aberta ao Demônio* (Libretos, 2021)
- *Carrocería/Lataria* (Uruguai, edição bilíngue, Abrelábios, 2023)

HAICAI

- *Bashô um santo em mim* (Tchê, 1988)
- *Prêt-à-porter, haicais para as quatro estações* (Artes e Ecos, 2017)
- *Dinastia Mim* (Bestiário, 2022)

CONTOS

- *Play* (Record, 2008)

ROMANCE

- *O videogame do rei* (Record, 2009)

TEATRO

- *Um hippie, um punk, um rajneesh,* peça encenada em 2017, no Porto Verão Alegre.

INFANTIL, POESIA

- *O baú do Gogó* (Sulina, 1988)
- *Pequenas observações sobre a vida em outros planetas* (primeira edição: Projeto, 1998; segunda edição: Salamandra, 2004)
- *É tudo invenção* (Ática, 2003)
- *Mmmmmonstros!* (Salamandra, 2005)
- *Transpoemas* (Cosac Naify, 2008)
- *A moda genética* (Ática, 2009)
- *Los seres Trock* (Topito Ediciones, Montevidéu, 2013)
- *Era mais de uma vez* (Fundação Educar DPaschoal, 2017)
- *Os seres Trock* (Biruta, 2017)

MÚSICA

- *os poETs – Música Legal com Letra Bacana*, CD, YB, São Paulo, 2004
- *os poETs*, Loop Discos, CD, Porto Alegre, 2008
- *os poETs ao vivo*, DVD, Cubo, Porto Alegre, 2012

- Ricardo Silvestrin & Banda, *DUK7*, EP, Loop, 2015
- Ricardo Silvestrin & Banda, *Silvestream*, álbum, Loop, Porto Alegre, 2019
- Ricardo Silvestrin & Banda, *RS&B*, álbum, Loop, Porto Alegre, 2024

TRADUÇÃO

- *Isso não é arte* – traduções de haicais de Kobayashi Issa. Porto Alegre: Bestiário, 2019.
- *Festas galantes* – tradução do livro de Paul Verlaine. Porto Alegre: Bestiário, 2021.

DISSERTAÇÃO DE MESTRADO

- *Manuel Bandeira, um poeta na fenda*. Porto Alegre: Lume UFRGS, 2020.

PRÊMIOS E DISTINÇÕES

- Prêmio do Encontro Brasileiro de Haicai, 1987, segundo colocado.
- Prêmio Açorianos, 1995, poesia, livro *Palavra mágica*.
- Prêmio Açorianos, 1999, infantil, livro *Pequenas observações sobre a vida em outros planetas*.
- Prêmio Açorianos, 2005, destaque editorial, Editora ameopoema.
- Biblioteca Básica do Estudante Brasileiro da FNLIJ, 2005, livro *É tudo invenção*, infantil, poesia.
- Prêmio Açorianos, 2007, poesia, *O menos vendido*.
- Prêmio Açorianos, destaque de mídia rádio, 2008, *Transmissão de pensamento*, programa na rádio Ipanema.
- Finalista do prêmio AGES, 2009, livro *Play*, contos.
- Finalista do prêmio Açorianos, 2010, livro *Transpoemas*, infantil, poesia.
- Prêmio de edição do Ministério da Cultura do Uruguai, 2014, livro *Los Seres Trock*, infantil, poesia.
- Finalista do prêmio Portugal Telecom, 2014, livro *Metal*, poesia
- Finalista do prêmio Brasília de Literatura, 2014, livro *Metal*, poesia
- Finalista do prêmio Açorianos, 2017, livro *Typographo*, poesia.

- Finalista do prêmio da Academia Rio-grandense de Letras, 2018, livro *Prêt-à-porter*, haicais.
- Finalista do prêmio AGES, 2020, livro *Sobre o que*, poesia.
- Finalista do prêmio Candango, 2022, livro *Carta aberta ao Demônio*, poesia.
- Prêmio AGES, 2022, livro *Carta aberta ao Demônio*, poesia.

IRMÃO ROBÔ

Ricardo Silvestrin

Livro composto em Citizen, impresso sobre papel Polen 80 gramas, com 104 páginas, na gráfica Copiart, em maio de 2024.

Escolha sua próxima leitura em www.libretos.com.br

Libretos